LA
TORTILLERÍA

LA TORTILLERÍA

Gary Paulsen

DIBUJOS POR

Ruth Wright Paulsen

TRADUCIDO AL ESPAÑOL POR GLORIA DE ARAGÓN ANDÚJAR

Libros Viajeros

Harcourt Brace & Company

SAN DIEGO   NUEVA YORK   LONDRES

This is a translation of *The Tortilla Factory*.
First Libros Viajeros edition 1998
Libros Viajeros is a registered trademark of Harcourt Brace & Company.

Library of Congress Cataloging-in-Publication Data
Paulsen, Gary.
[Tortilla factory. Spanish.]
La tortillería / Gary Paulsen; dibujos por Ruth Wright Paulsen; traducido al
español por Gloria de Aragón Andújar. —1st ed.
p.   cm.
"Libros Viajeros."
ISBN 0-15-200237-5
ISBN 0-15-201714-3 pb
1. Tortillas—Juvenile literature. [1. Tortillas. 2. Spanish language materials.]
I. Paulsen, Ruth Wright, ill. II. Title.
TX770.T65P3818   1995
641.8'2—dc20   94-18543

PRINTED IN SINGAPORE

A C E F D B

…Bendito seas, Señor, Dios del universo, por este pan, fruto
de la tierra y del trabajo del hombre, que recibimos de tu generosidad
y ahora te presentamos; él será para nosotros pan de vida.

—*El sacramentario del misal romano*

La tierra negra duerme en invierno.

Pero en la primavera la tierra negra
es labrada por manos morenas

que siembran semillas amarillas

que se convierten en plantas verdes
que susurran en las suaves brisas

y producen el maíz dorado que se seca
al sol caliente para moler en harina

para la tortillería

donde gente alegre y máquinas ruidosas
mezclan la harina en la masa

y amasan la masa

y aprietan la masa

y aplastan la masa…

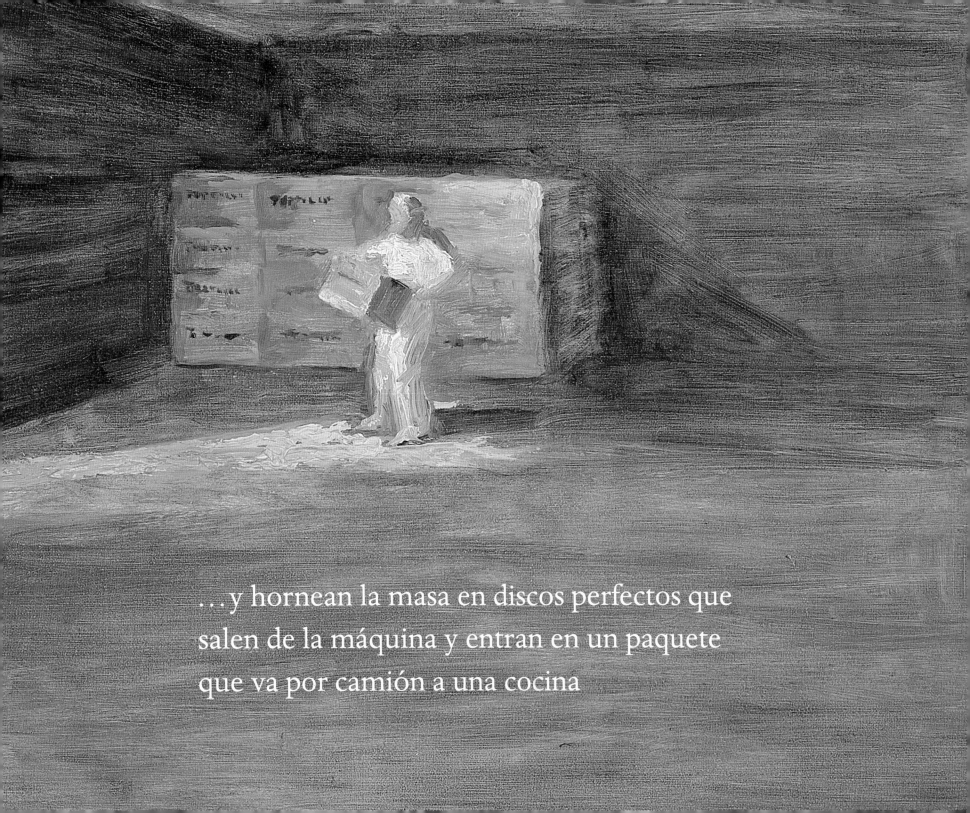

...y hornean la masa en discos perfectos que
salen de la máquina y entran en un paquete
que va por camión a una cocina

para rellenar con ricos frijoles

y comer con dientes blancos para llenar un estómago redondo

y darles fuerza a las manos morenas
que labran la tierra negra

que siembran las semillas amarillas

que hacen el maíz dorado que se seca
al sol caliente para moler en harina....

The paintings in this book were done in oil on linen.
The display type was set in Deepdene and Greco Deco.
The text type was set in Dante.
Color separations by Bright Arts, Ltd., Singapore
Printed and bound by Tien Wah Press, Singapore
Production supervision by Stanley Redfern and Jane Van Gelder
Designed by Michael Farmer